OBSERVATIONS

SUR

LA LETTRE

DE

J. J. ROUSSEAU,

Au sujet de la Musique Françoise.

Ambubajarum Collegia , Pharmacopolæ,
Mendici , Mimæ , Balatrones ; hoc genus omne
Mæstum , ac follicitum et Cantoris morte Tigelli.
Quippe benignus erat.

M. DCC. LIII.

(6)

Inv. 2548

(1)

OBSERVATIONS
SUR LA LETTRE
DE
J. J. ROUSSEAU,

Au sujet de la Musique Françoise.

 EAN - JACQUES ROUSSEAU, Citoyen de Genéve, semble ne donner des Ecrits au Public que dans la vûe de lui faire des outrages. *Il

---

* Cette irréverence à l'égard du Public & des corps les plus respectables de l'Etat, est devenue une mode de notre siecle. Cependant Messieurs de Voltaire, Montesquieu & Buffon (qui font profession de penser avec hardiesse) sont à l'abri de ce reproche. Leur retenue auroit dû servir d'exemple à des Auteurs, d'ailleurs fort sages, & qui acquiérent chaque jour de la célébrité. La conduite contraire suppose dans ces Ecrivains des pas-

A

paſſe ſon tems à rêver à des paradoxes humilians pour l'humanité, ou pour la nation. Comme il tourne ſans ceſſe autour de la vérité, il la rencontre quelquefois; mais il n'eſt pas fait pour nous la montrer. Le flambeau qu'il nous préſente jette plus de fumée que de lumiere, & l'odeur en infecte. Il a voulu nous prouver que *nous ſerions heureux de ne pas penſer, & que nous n'en ſerions que plus ſages.* Aujourd'hui il nous démontre, à ſa maniere, que nous avons tort de ſentir. Il décrie les arts, & conſacre ſon tems à s'eſſayer dans les plus frivoles. Il dédaigne la gloire, & y court par le chemin d'Eroſtrate. Il n'eſt pas conſéquent dans ſa conduite: mais il prétend que ſes inconſéquences vont à l'appui de ſes ſyſtêmes. Né ſans fortune, ſans extérieur, & d'une ſanté délicate, il a dû ſouffrir des priva-

---

lions au-deſſus deſquelles le talent, le ſçavoir, qu'on ne leur conteſte pas, & la Philoſophie dont ils ſe piquent, auroient dû les élever.

tions de bien des genres ; il eſt ſenſible ;
elles lui ont toutes été douloureuſes : il
s'eſt crû plus malheureux qu'un autre ;
ſon humeur s'eſt aigrie , & voilà la ſource
de cette bile acre qui fait la baſe de ſa
philoſophie. Il eſt vain & ambitieux des
honneurs de la Littérature. Les Muſes ne
lui deſtinoient que des couronnes fort
ordinaires. Il a ſenti qu'il ne pouvoit être
ni Voltaire, ni Monteſquieu, ni Dalem-
bert ; que ſa voix rauque ne lui attireroit
que peu d'attention, ſi elle n'entonnoit
des hymnes fort bizarres : il a voulu être
le Calot de la Philoſophie & des Lettres ;
mais il eſt encore plus ridicule que ſingu-
lier. Si le mépris d'autrui & l'eſtime de
ſoi-même, affichés avec indécence ; ſi l'af-
fectation cinique, la miſantropie conſti-
tuent le Philoſophe. J. J. eſt un très-grand
Philoſophe. Si le dédain des idées reçues,
& l'adoption des rêveries ſingulieres à leur
place ; ſi le ton déciſif ; ſi le ſel amer & cauſ-
tique font le grand Homme de Lettres ,

J. J. eſt un grand Homme de Lettres.

Il y a dans l'Ouvrage que vient de donner M. Rouſſeau du ſtile, de la mé-thode, & des choſes penſées. Il y en a de vraies, qui avoient été apperçues par les gens inſtruits: mais le tout eſt desho-noré par un ton cinique, par des déci-ſions fauſſes, outrées, & indécentes.

Si le Théatre de l'Opera doit eſſuyer une révolution, & cela pourroit arriver, elle ne ſera pas l'effet d'une déclama-tion pour ou contre; les gens ſenſés en abandonneront l'évenement au tems, à l'inconſtance des goûts, au plaiſir, & à l'habitude, qui ſeuls en ſont les maîtres.

Mais on veut aujourd'hui violer nos ſentimens & nos goûts actuels. Une ca-bale de gens ignorés la plûpart pour le talent, ou ruinés de réputation littéraire, d'enthouſiaſtes, de factieux, de furieux, (en muſique) l'ont entrepris. C'eſt une conjuration en forme: j'y vois Catilina*.

* Quò uſque tandem!

Faut-il que j'aye le chagrin d'y rencontrer César !

La conjuration vient d'éclatter : le chef se montre * : sans doute les gens de l'art se préparent à le combattre en regle ; en attendant je vais l'amuser par une escarmouche. Je suis presque l'adversaire qu'il a destiné dans son Livre à l'Honneur de lui répondre. Je ne suis Poëte ni Musicien, & j'ai assez d'humeur pour pouvoir (vis-à-vis de lui) trancher du Philosophe.

M. Rousseau nous dit des duretés assomantes. S'il nous rend une entiere justice, nous sommes dans le cas de nous plaindre de lui, selon une maxime de droit fort triviale ** : mais si parmi ces choses offensantes il y en a d'équivoques, ou d'absolument fausses ; s'il y a des paradoxes deshonorans pour son goût ; si son

* *Ille est, qui si occeperit !* Ah ! c'est celui-ci qui nous fera voir beau jeu ! *Terence.*
** *Summum jus, summa injuria.*

A iij

ouvrage humilie mal-à-propos , & peut devenir nuifible à une quantité de gens, dont la fubfiftance eft un objet d'atten-tion pour la police générale de l'Etat. Je tiens qu'un pareil Ouvrage n'eft ni d'un Philofophe , ni d'un Citoïen ; mais d'un cerveau malade , d'un cœur équi-voque , & d'un efprit dangereux & faux.

Selon M. Rouffeau nous ne pouvons avoir dans notre langue un bon Poëme lyrique, nous n'avons ni mélodie, ni Mu-fique Nationnale, & fi nous en avions une, ce feroit tant pis pour nous. Je vais lui pofer en fait des propofitions bien con-traires. On peut faire en notre langue un bon Poëme fufceptible d'être mis en Mu-fique , de maniere qu'il en réfulte pour la Nation un plaifir vif & raifonnable. Nous avons une mélodie & une Mufique Na-tionnale, & c'eft tant mieux pour nous. Il faut venir à la preuve. Je commence par déclarer que ce n'eft pas M. Rouffeau que j'efpére de convaincre. Je fçais que le fentiment ne fe démontre pas ; & puif-, qu'il ne fent rien dans nos Opéras, je vais parler aux gens qui ont été remués par le Ballet de Pigmalion & attendris par les beaux endroits de M. Lully.

Notre Opéra eft un fpectacle qui n'a prefque rien de commun avec l'Opéra Italien que le nom. La Poëfie, au lieu d'une fimple déclamation, y employe le fecours de la Mélopée pour émouvoir davantage ; car notre récitatif n'eft point proprement mélodie ; c'eft (autant que nous puiffions nous en faire une idée) la Mélopée des Grecs, jointe à leurs Chœurs que nous avons retenus, & dont nous avons formé un fpectacle embelli par les Décorations, les Chants & les Danfes.

Affervis dans nos Tragédies ordinaires aux unités, aux vraifemblances, aux régles les plus exactes, nous avons abandonné nos Opéras aux preftiges de l'imagination. Tout y fent le pouvoir de fa

A iv

magie. La nature eſt continuellement for-
cée, nos Héros font des Dieux. Juſqu'au
fon de la voix y groſſit. Nous nous prê-
tons à tout, & notre complaifance de-
vient pour nous une fource de plaiſirs
réels. * C'eſt ainſi que les Italiens ſe prê-
tent aux Géants de l'Arioſte.

Analiſons, s'il ſe peut, notre plaiſir. Je
crois, principalement pour ce qui regarde
la Muſique, appercevoir qu'il dérive de
trois fources; fentiment, analogie, convention.

Toutes les fois que notre Chant expri-
me avec vérité des paſſions, nous éprou-
vons un plaiſir de fentiment. Nous éprou-
vons celui d'analogie, quand il ſe joint à
cette expreſſion quelque choſe qui carac-
tériſe la façon de fentir qui nous eſt par-
ticuliere. Une belle Scêne, nos Airs &

_____

* Souvent en s'attachant à des phantômes vains,
  Notre raiſon féduite avec plaiſir s'égare ;
  Elle-même jouit des objets qu'elle a feints,
  Et cette illuſion pour quelque tems répare
  Le manque de vrais biens que la Nature avare
  N'a pas accordés aux humains. FONTENELLE.

nos Ariettes, la Muſique de nos Chœurs & de nos Ballets nous font tour à tour ce double effet. Le plaiſir qui nous vient de notre récitatif tient beaucoup plus de la convention que les deux autres ; en ce que nous le trouvons d'autant meilleur qu'il approche plus de notre déclamation tragique. Peut-on nous blâmer d'avoir un plaiſir de convention ? Avons-nous mal fait de convenir que notre récitatif tiendra de notre déclamation ? En ſoutenant la premiere propoſition , on réduit preſqu'à rien les amuſemens des hommes * : en niant la ſeconde , on fait le procès à notre déclamation tragique, & il faut y regarder à plus d'une fois. **

* Si l'on excepte les plaiſirs qui naiſſent de la ſatisfaction des beſoins , & qui tiennent immédiatement à la Nature , tous les autres ſont ſoumis à la convention & à l'habitude , & il ne me ſeroit pas difficile de démontrer qu'il y a autant de convention dans les plaiſirs que donnent les Opéras Italiens , que dans celui que les nôtres nous occaſionnent.

** M. Rouſſeau s'érige en juge ſouverain du récitatif & de la déclamation. Il y a un morceau aſſez bien critiqué par lui. Quant aux quatre vers de la Reconnoiſſance d'Iphi-

A l'égard des agrémens femés dans notre récitatif, & qu'on nous reproche, s'ils y font prodigués mal-à-propos, c'eft la faute du Muficien & non du genre; la plûpart de ces agrémens étant pris dans la nature. *

De ce que notre récitatif n'eft qu'une déclamation foutenue, il s'enfuit que dans une belle Scêne d'Opéra le plus grand mérite eft toujours du côté du Poëte. **

Perfonne, hors M. Rouffeau, me refufera-t-il que notre langue ne foit affez douce, affez fonore pour qu'on puiffe en

genie, pour qu'il les ait trouvés auffi mal recités, il faut ou qu'il les ait chantés lui-même, ou qu'il fe les foit ouï crier aux oreilles.

* Il y a apparence que M. Rouffeau n'a pas connu l'amour & fur-tout l'amour heureux, cette paffion eut adouci fes mœurs. Il eft au moins à defirer pour nous, qu'il devienne le témoin d'un entretien paffionné. Il découvrira l'origine de nos ports de voix de nos martellemens & même des éclats qu'il appelle nos cris.

** Quand la fcene eft vuide le Muficien ne peut rien y créer. De là vient que M. Rameau paroît quelquefois au deffous de lui-même; mais c'eft qu'alors il travaille fur des Poëmes qui feroient tomber le grand Baron, s'il s'avifoit de les déclamer.

tirer une belle Scêne, propre à être recitée dans le goût que je viens de dire?

Tout le monde m'accordera que cette Scêne, parfaite de la part du Poëte, autant que peut le comporter l'idiôme, bien rendue par le Muſicien, exécutée par M. Jeliotte & Mademoiſelle le Maure, excitera en nous autres François un ſentiment de plaiſir plus vif que ne pourroit faire aucun autre ſpectacle dont nous ayons connoiſſance, & cependant nous en connoiſſons de bons.

Donc une belle Scêne d'Opéra François n'eſt pas un être de raiſon. Il faut ſçavoir ſi les Chants que nous y avons joints ont une mélodie dont le genre nous ſoit particulier, qui puiſſe nous donner un plaiſir vif & dont nous n'ayons pas lieu de rougir; ſi nos Chœurs ne font que du bruit; ſi nos airs de Ballets n'ont pas un caractère vigoureux, ſaillant, original; s'ils ne ſont pas pleins de feu, de variété, de gaieté, & d'expreſſion.

M. Rousseau avance que la mélodie de nos Airs est si platte, si languissante, si peu pittoresque, que le Musicien est obligé de la couvrir de parties, &c.

Mais je lui citerois trente Airs * sur des mouvemens différens, que l'on peut chanter en chambre & sans accompagnement, & qui feroient plaisir, sans qu'on ait besoin de recourir aux voix du premier genre ** ; tandis qu'un bel Air Italien ne sçauroit se passer du secours du Clavecin.

Je suis cependant bien éloigné d'attaquer ici la Musique Italienne. Elle est simple, agréable, légere, malléable, fusible ; elle est propre à tout, & touche aux deux extrémités. Elle doit à sa langue tous ces différens avantages. Mais je ne sçais pas si la marche & le ton de la nôtre n'est pas plus propre à rendre certains sentimens nobles & élevés, qui ont

* Voyez *Fuis, porte ailleurs tes rigueurs*, &c.
** Il suffit d'une voix médiocre pourvu qu'il y ait de la méthode, du goût, & que l'ame puisse se mêler au chant. C'est ce qu'on appelle *voix à intérêt*.

du rapport avec notre caractère. Nous ne réuffiffons jamais mieux que quand nous apoftrophons les Dieux : l'inftinct , autant que le fentiment de leurs forces a infpiré cette hardieffe à nos Auteurs. *

M. Rouffeau eft ennemi de nos Chœurs. Selon lui , le Muficien qui les compofe n'a que le mérite d'un faifeur d'acroftiches.

Selon lui , l'oreille ne peut trouver de fatisfaction à fuivre une fugue fur un beau deffein , dont toutes les parties rentrent avec art , & dans laquelle vous ne perdez pas de vûe un fujet qui vous eft agréable**, ou qui redouble la chaleur & l'intérêt. Tel eft celui de *Jephté.****Je continue encore à m'en rapporter à ceux qui ont ouï ce dernier avec émotion & friffonnement , qui fe laiffent enlever par celui de Pigma-

* Voyez les morceaux *Terminez mes tourmens , puiffant maître du monde*, d'Ifis ; *Clair flambeau du monde ; Soleil , on a détruit ; Permettez aftre du jour* , des Indes galantes.

** Tel eft le chœur d'Hypolite, *Que ce rivage retentiffe* , & *Brillant foleil*, de l'acte des Incas.

*** La Terre , l'Enfer, le Ciel même.

lion *, charmer par le petit Chœur des Talens Lyriques ** ; que ces gens-là me foient témoins des différens effets qu'ils ont reffenti alors ; & qu'ils difent fi le plaifir du fpectacle n'en a pas doublé pour eux.

Quant à nos airs de Danfe, j'avancerai hardiment qu'on n'en fait pas de meilleurs en Italie. La plûpart de ceux que je connois d'eux n'ont nul deffein. Tantôt c'eft de la gigue de Sonate, tantôt c'eft une fuite de *piano & de forté* fur un mouvement lent.

Je me réfume & je dis : Il peut exifter un Opéra François bien fait pour la Scêne, dont les airs foient chantans & touchans pour nous, dont les Ballets pleins de caractère foient à la fois agréables & variés, & dans lequel les Chœurs tantôt entrent dans la marche générale de l'action, tantôt fervent à augmenter l'impreffion du

---

* L'Amour triomphe.
** Suivons les loix.

plaifir. Peut-être aucun de nos Opéras ne réunit-il toutes ces perfections. Mais il fuffit que ma fuppofition foit dans l'ordre des chofes poffibles, pour que prefque tout l'ouvrage de M. Rouffeau porte fur rien.

Je lui accorderai que notre langue eft moins propre à la Poëfie lyrique que l'Italienne. Je lui accorderai, s'il veut, que les Italiens plus paffionnés que nous pour la Mufique l'ont en général plus perfectionnée. Donc il faut brûler les Poëmes de Quinault, donc il a été ou il eft impoffible qu'on faffe en Mufique rien de bon fur ces Poëmes, ni fur aucun autre.

Je vais faire un raifonnement dans fon goût, & me fervir de fa Logique.

La langue Angloife eft dure & moins propre à la Poëfie Dramatique que ne l'eft la Françoife. Leurs Auteurs ont moins entendu le Théâtre que les nôtres.

Le Théâtre François eft le Théâtre par excellence. Il eft adopté de toute l'Europe. Le Théâtre Anglois eſt circonſcript dans les bornes du Royaume. Nos Acteurs ont un jeu noble, meſuré, cadencé, ſoutenu. Les Acteurs Anglois ſont tout au plus pathétiques & naïfs.

Donc les Anglois doivent renoncer à leur Théâtre ; donc les beautés terribles & ſublimes de *Shakeſpear* ne doivent plus les toucher. Donc le Caton de M. Addiſſon eſt ſans mérite. Donc ils n'ont fait ni ne peuvent faire de bonnes Piéces.

Il feroit à deſirer que M. Rouſſeau allât propoſer à Londres ce paradoxe très-digne de lui ; on nous le renverroit corrigé.

Notre Opéra eſt en proportion pour nous, ce qu'eſt pour les Anglois leur Théâtre Dramatique ; c'eſt un Spectacle Nationnal. L'une & l'autre Nation auroit tort de vouloir le rendre univerſel. Mais l'une & l'autre Nation entendant bien ſes intérêts, auroit grand tort de détruire ſon Théâtre pour en élever ſur ſes ruines un étranger, quel qu'il fût. Il faut les admettre

tre comme rivaux , & non comme deſ-
tructeurs.

M. Rouſſeau allégueroit que s'il y a pa-
rité entre l'adoption des deux Spectacles
par les deux Nations , il n'y en a nulle
entre l'oppoſition de notre langue au Lyrique & de l'Angloiſe au Dramatique. Et
moi, je penſe que toutes choſes ſeront éga-
les, quand on aura décidé de l'idée que
l'on doit ſe faire de notre Opéra.

D'ailleurs le Dictionnaire n'en eſt pas
ſi étroit que M. Rouſſeau ſe l'imagine. Il
étoit abondant pour Quinault. Ce Poëte
rempli de talent, de naturel & de graces
manquoit de fond. Ses Œuvres en font
foi. Il n'a ſçu mettre que l'amour au Théâtre. Toutes ſes idées tournoient autour de
ce cercle ; mais s'il eût pu changer de
ſphère , la Proſodie Françoiſe eût plié
ſous ſon génie. Il eût peint les paſſions
avec cette expreſſion propre , élevée &
lyrique qui lui fait dire dans Rolland :

Rendez grace à votre baſſeſſe
Qui vous dérobe à mon courroux.

B

Que M. Rousseau me permette de lui faire une supposition. Si nous n'avions jusqu'ici eu que des tragédies telles qu'on en voit chaque jour tomber sur nos Théâtres, dont le stile dur, sec, entortillé, plein de bouffissure sert à rendre gauchement des idées gigantesques cousues à des Scênes dépourvues d'action, d'intérêt & de vraisemblance ; se prétendroit-il raisonnable, en avançant qu'on ne peut faire en notre langue un bon Poëme Dramatique ? Cependant il a lu Quinault, & par conséquent il est bien plus déraisonnable dans ce qu'il soutient.

Je suis entré en matiere avec bien de la défiance, tant je suis en garde contre l'effet des préventions & des préjugés d'habitude. Je n'ai voulu qu'effleurer ma cause ; mais je sens qu'elle s'embellit à mes yeux, & qu'avec plus de lumieres & de travail on en pourroit tirer un bien meilleur parti, s'il n'étoit plus prudent de laisser tomber d'elles-mêmes une partie des

objections de nos adverſaires, & d'aban-
donner les autres à la diſcuſſion du ſentiment qui en eſt le juge.

Il me reſte à donner un avis à M. Rouſſeau, s'il eſt ſuſceptible d'en recevoir ;
c'eſt de faire un uſage plus réglé de l'eſ-
prit & des lumieres dont il eſt doué, de
reſpecter le Public à l'avenir, de ména-
ger à un certain point juſqu'aux erreurs
de ſes ſemblables, quand elles ne peuvent nuire à la ſociété ; de s'abſtenir des
invectives ; enfin de devenir humain avant
de penſer à être Philoſophe, la Philoſophie ne pouvant être que la perfection de
l'humanité.

F I N.

www.ingramcontent.com/pod-product-compliance
Lightning Source LLC
Chambersburg PA
CBHW061517170626
46811CB00004B/1744